KB239585

구시포 노랑 모시조개

국립중앙도서관 출판시도서목록(CIP)

구시포 노랑 모시조개 : 진동규 시집 / 진동규 지음.
— 파주 : 문학동네, 2004
  p. ;   cm — (문학동네 시집 ; 66)
ISBN 89-8281-647-X 02810 : ₩5000
811.6-KDC4
895.715-DDC21   CIP2004001727

구시포 노랑 모시조개

진동규 시집

문학동네

은하 저편의 별 하나

'슈메이커레비' 라는 별이 목성과 합해지던 날, 나는 그때 잡혀 있던 여행 계획을 취소해버렸다. 별들이 서로 눈이 맞아서 하나되는 순간을 내 집에서 보고 싶어서였다.

은하 어디를 떠돌다가 태양계의 목성에 끌려버린 것이다. 초속 육십 킬로미터였다. 우리 자동차가 시속 육십 킬로미터니까 우리 자동차보다 삼천육백 배나 빠른 속도인 셈이다. 눈을 감아야 보이는 속도다. 슈메이커와 레비의 망원렌즈에 잡히고부터도 십 년을 그 속도로 질주했던 것이다. 자체의 뜨거움으로 바스라져버리고 바스라진 조각들이 일렬로 달려오는 모습이 망원경에 포착되었을 때는 진주목걸이처럼 보였던가보다.

진주목걸이는 그렇게 생을 마감했다. 아니, 우리 눈앞에서 사라졌다.

생성소멸이라니! 고체와 액체와 기체의 변화를 소멸이라고 할 수가 있을까? 그 자체가 생명운동의 큰 축이 아니던가. 우리의 시각으로 동물, 식물, 광물, 이렇게 나누지만 더 큰 축으로 보면 생명 아닌 것이 어디

있겠는가.

　그날 진주목걸이가 지구에서 볼 때 목성의 뒤편으로 합류하는 바람에
TV 방영조차 불가능했지만 그것을 서운해할 필요는 없는 일이었다. 우
리의 시간으로 삼 일간에 걸쳐 스물일곱 개의 별들이 목성에 도킹하던
시간도 초속이라는 속도로 질주하던가.

　NASA 본부에서 그 별들의 결합하는 사진을 건네받아 보았지만 그것은
또 얼마나 부질없는 일이던가. 밤하늘에 빛나는 별들의 반짝임을 우리의
혈관에 이어놓지는 못하는 것이 아닌가.

　만약에 그럴 수만 있다면 우리 맥박은 또 그렇게 뛸 것이고 힘찬 고동
소리를 낼 것이 아니겠는가.

　둘리의 탄생에도 은하 저편에서는 별 하나 자리를 옮겨앉았을 터이다.

2003년 3월

진동규

차례

自序

1부 눈 내리는 운동장

2부 구시포 노랑 모시조개

1부

눈 내리는 운동장

아침을 차리면서

새벽녘에야 바람은
숲에 들었다.
숲에 들어 둥지를 틀었다

밤을 꼬박 새워
들창을 흔들어대더니

어지러운 꿈
이냥 걷어다가
둥지를 지은 게다

아내는 불을 지핀다
바람이 지어놓은
둥지를 내려다가
아침을 차리는 것이다

바람보다 맹렬한
불꽃으로
국물을 끓여내는 것이다

무채의 ## bb

눈 내리는 날 우리는
순간으로 눈송이가 된다

눈송이가 되어
눈송이보다 가볍게
숲으로 가는 것이다

비인 가지로 서는 것이다

그대 함께 기대어서면
가지 위에 흰 눈이 내려서 쌓이고
우리는 또 어디로 가는 것이냐

무채의 낮은 음으로
무채의 높은 음으로

눈 내리는 운동장

눈송이 설레는 사이사이
느티나무 비인 가지가
조금씩 조금씩 자리를 옮긴다

별자리로 뛰노는
노루떼 좀 보아!

아이들의 운동장은
신생의 은하보다 넓지

내리는 눈이
저토록 설레는 것은
저 노루떼 때문이지

눈 쌓인 가지들이 가만가만
팔을 뻗어
오선지로 비켜앉는다

우리가 머무는 별은

오늘 내가 머무는 별에는
눈이 내린다

시작보다 가벼움으로
허공을 가득 채우는
흩날림을 보아라

빛깔 있는 모든 것들을
지우며 지우며

외롭고 그리운 것들이
저토록 참따랗게 쌓이는구나

우리가 머무는 별은 황홀하다
흩날리고 싶은 만큼만
길 나서보라 하는구나

겨울산 앞에 서서

하늘과 가장 가까워지는
겨울산 앞에 서보아라

드러낼 것 다 드러내놓고
무엇을 더 논의하자는 것이냐

저렇게 실오라기 하나까지 벗어던지는데
우리들 비밀 같은 것들은 비밀이 아니다

엎드린 등성이와
골 깊은 데까지 더 깊은 데까지

밤낮없이 하늘은 끝내
언어가 되지 않을 숨을 토하며
눈발을 쏟아부어대고 있지 않느냐

강물에 발 담그고

눈 녹은 물이
바위를 거슬러오른다
바위틈을 거스르는 소리가
하얀 눈이 오목눈이
고놈 목청보다 투명하다
눈썹바위에 아직
고드름이 녹지 않았는데
서둘러 언덕 밑으로
꽃다지 서느러운 눈빛
강물에 발 담그는 나는
처음 와보는 골짜기를
나무처럼 낯설지 않게 선다
새잎 터뜨리고 싶어
간지럼을 타고 있다

우수 지난 날

춘설이 분분한 날
오목눈이 하얀 눈이 까만 눈
그 작은 부리로
바위 속보다 깊은
어둠을 쪼아대고서
새 아침을 연다
매화 가지 창을 열고
꽃봉오리 흔들어서
큰북 작은북 가려넣는다
아침햇살에도
단가 하나 얹어
부챗살로 편다

마른 겨울을 보내며

마른 겨울하늘에는
별들의 무리
오늘 같은 날
아득한 날의 흰 눈이 내리면
산에 들에
호수 위에 하얗게
눈 내려서 쌓이고
아아라이 이어져가는
무채의 종소리로
그대 곁에 서게 될 것인가
펄펄펄 눈송이로

겨울숲

겨울숲에 들어가
나무들과 함께 서
나도 옷을 벗는다
관절로 서서
악기가 되는 것이다
바위틈에 벼랑 끝에
진달래는 망울을 드러내고
거룩지게도 서 있구나
골짜기를 빠져나가는
바람 소리는 어디로 가는가
잎 진 숲을 더 깊게 하는
골짜기보다 깊은 소리
얼음꽃 가지 끝 하늘빛
교향악이 번져간다

먼 강에 얼음 갈라지는 소리

청산은 몇 날을 울었더냐
내 육신이 악기가 되기까지
잠 못 이루던
밤바람 소리
깊은 음계를 밟고 새벽은
항상 더디게 왔다
내 영혼을 지키는 별은
어느 하늘을 반짝이고 있는가
멀리 나가 있는 별은
빛이 닿지도 않는다고 하던가
얼음 조각들로 소리판을 만드는
춥고 추운 바람집이라고 했던가
그 작은 얼음 조각들로
아득한 적막을 흔들어 깨워서
우리들 노래라도 담는
음반이 되어줄 것인가
먼 강에
얼음 갈라지는 소리 들린다

2부

구시포 노랑 모시조개

작설차를 우리며

창호지에 번지는 푸른 이내
〈세한도〉의 붓자국으로 풀어지고 있다
창 밖에 누가 와 먹물을 푸는 게다
찬 하늘에 별자리를 놓아가던
겨울 이야기를 펼치는 게다
갈필로 갈필로 이어가는 담묵
겨울을 지켜낸 삭정이 가지마다
새 잎사귀를 피워내고 있구나
붓끝에 눈이 까만 새새끼
갈필 날갯짓을 한다
뼛속까지 들여다보이는
새야, 갈필 새야, 새 작 혀 설
이 아침 내 찻잔가에 물어온 글자
햇살에 널어 말리고 있구나
묵향 풀풀 날리는 여린 부리
정갈한 안부를 챙기고 있구나

별

밤하늘에
별들이 돋아난다
새벽이면 별들은
우리가 나누는
세상 그 모양으로
대지 위에
새잎을 피운다
아득한 그리움으로
눈물의 입맞춤으로
대지 위에
이슬방울들을
반짝인다.

매화

매화 한 가지 피어난다
달도 해도,
별이라는 것도
아직은 없던
맨 처음의 적막을 흔들며
연둣빛 별이 태어나던 모양이
꼭 저러하였을 것인가
매화 가지 검은 등걸을 따라
별자리를 터뜨렸을 것인가
초신성의 함성으로
아득한 적막 속에
은하를 펼쳐냈을 것인가
저 사무친 그리움을

아침 풀밭에 나서면

별들이 어떻게
밤하늘에 태어나는가를
서로에게 어떻게 다가서는가를
푸른 풀밭에 나서보면 안다.
밤새워 무슨 이야기를 나누었는가를
풀잎마다 반짝이는 이슬방울들
이슬방울들을 보면 안다.
사무치는 그리움으로 우리들은
이별을 나누지만
순간은 어떻게 영원으로 가는가를
아침 풀밭에 나서보면 안다.
끝내 흔적도 남기지 않는

농부

농부가 씨를 뿌린다
아들과 함께 씨를 뿌린다
저 손놀림을 보아라
아들의 발자국마다
알곡들은 떨어져
초저녁 하늘의 별빛으로
빛나지 않느냐
농부는 밤하늘이
스스로 아름다워지는 것을
아들에게는
알려주고 싶은가보다

감자를 심으며

감자를 놓는다
조각조각 씨눈을 나누고
에어낸 자리마다
타고 남은 매운 재를 입힌다
사랑은 정녕 나누는 일인가
덧나지 말아야지
맨 처음의 허공에
땅덩이가 태어날 때처럼
대지에 감자를 놓는다
북두칠성이 찬 하늘에
가지를 뻗어나가듯
저 씨감자는 또
뿌리를 뻗으며
꽃을 피워낼 것인가
반짝이는 은하의 눈빛을

구시포 노랑 모시조개

구시포 노랑 모시조개를 만나면
달 가운데 흐르던 강 이야기를 한다
강바닥이 뒤집혀 쏟아지던 날
엉망으로 흩어지던 금모래밭
호미 끝에 끌려나오던 모시조개
짜디짠 바닷물에 휩쓸려다니는 것도 그렇지만
혓바닥 물어야 하는 멀미는 지긋지긋한 일
천연덕스러운 달빛이 더 서러워서
계수나무 아래 여름밤의 추억으로
지리한 장마비를 불러오기도 하지만
얼마큼 달이 가까워지는 밤이면
속내를 드러내 보이기도 하는 모시조개
인제 웬만큼 체념을 할 만도 하련만
질펀하게 그 강줄기로 퍼질러
펄울음으로 드러눕고 그러는 것이다

바람 부는 날

바람은 내게 나서보라 하네
우리 사는 모습 그대로
나누는 사랑이며 눈물 그대로
황량한 들판에 나서보라 하네
우리 나누는 이별처럼
허리 꺾이고 뿌리 뽑혀서
드러나는 들을 보라 하네
찢기면서 아름다워지는
깊이 깊이 감추어둔
부끄러운 것들까지 진실로
함께 나부끼라 하네

은행잎 털리는 날의

기실 아무 찾는 것도 없이
무엇을 잃어버린지조차 모르는 사내가
거울 속을 걸어오고 있다.

우우우 유성우 쏟아지듯
은행잎 털리는
거울 속을 걸어오고 있다.

사내는 그냥 헐렁하게
거울 밖으로 나와
어깨를 스치며 지나가버린다.

소리 지르며 소리 지르며
내 어깨를 부추겨주며
은행잎들은 어디론가
낯선 사내의 등을 떠밀고 간다

우리가 별자리를 지어가듯

반짝이는 오동꽃 빛깔로
각시붕어는 물살을 가른다

내가 태어나기 전 그 밤
별이 돋아나던 것처럼
강줄기 흐르게 하고 숲을 놓는다

모래무지 각시붕어
저 몸짓 있는 거기
강물보다 먼저
은하가 내리지 않았더냐

우리가 별자리를 지어가듯
별자리로 사랑을 지어가듯

그 시늉으로 각시붕어
물살을 가른다

잔을 들고

천지가 나의 잔이다
숨을 고르고 있는 백두산
쿨럭쿨럭 하고 연기를 토하면
그러면 백두산 호랑이
발톱을 드러내 보일 것이다
어둡고 긴 동굴 속
마늘 몇 쪽 쑥 몇 단으로 버티다가
끝내 참아내지 못한
더운 피 등성이를 탈 것이다
짜릿하게 갈기를 세우면
곰아 내 이쁜 반달곰아
언제든지 해치울 수 있다
그렇다 맘만 먹으면 언제든지
목덜미를 물고 나둥그러질
호랑이, 나 백두산 호랑이다
독하고 매운 마늘씨를 씹는다
살이 타는 쑥뜸 불소주잔을 든다

3_부

먹을 갈다가

저 숲에 들어 그대여

푸른 숲이
어떻게 아름다워지는가를 보아라
등성이마다 어깨를 얽고
일어서는 5월의 숲
힘차게도 햇살을 빨아들이는구나
이제 막 백일사진을 찍고
젖을 빨아대는
새살 돋는 우리 애기다
바람결마다 뒤채며
응얼거리는 잠덧에
나비떼가 오른다.
눈 내리는 겨울을 지키던
마른 가지가 아니었더냐
바람 부는 등성이에
별자리로 못 박혀 있지 않았더냐
초신성의 함성으로 다시 태어나
나직나직 읊조리는
노랫소리를 들어보아라
숲이 어떻게 아름다워지는가
푸르른 숲에 들어 그대
숲의 꽃이 돼라 하지 않느냐

먹을 갈다가

송림산 중턱쯤
만나는

옹달샘 하나
연적보다 깊다

청솔바람
휘감아오는
는개 한 무리

기척도 없이
다가서는 안부

창 밖이 우련히 밝는

꽃 이파리 한 장
비인 가지 끝에 피어나는 밤
그대 깨어 일어나 앉으면
꽃 이파리 떨림으로
먼 데 별 하나
아무도 모르게 자리를 바꾸는

창 밖이 우련히 밝는

봄산에 꽃 피어난다

어디랄 것도 없이
봄산에 꽃 피어난다
늙은 나뭇등걸이고
바위틈에고
앞서거니 뒤서거니
봄꽃 피어난다
밤하늘에 별들이 돋아나면서
뜨거운 입맞춤으로
꽃봉오리 열어주더니
봄산 꽃 마주 서
밤하늘의 별이 되는
보아라 저 꽃, 저 빛깔
밤하늘에 다가서는

꽃다지

꽃잎은
상처를 입지 않는다
하늘과 땅 사이
여리고 여린 네 입술
칼바람 앞에서도
정녕 내보일 수 없는
꽃봉오리 속
깊어질 대로 깊어진
너의 침묵 앞에서
어찌할 거나
한 마리 짐승일 뿐이거니

달맞이꽃

그대 기다리는 강가에
달맞이꽃 피어난다

강물을 따라
달맞이꽃 피어난다

강에 든 별들이
오롯이 부려놓은 반짝임

달맞이꽃 따라 걸으면
우리는 말이 없어도 좋으리

별들이 강물 깊이 잠긴다
얼마나 벅찬 하루인가

강줄기 흘러간다

마을 앞을 지나고
아무도 찾아주지 않는
산굽이도 돌면서
강줄기 흘러간다
금모래 언덕 아래
다시 앉혀야 할 나루터도 짓고
새떼들 날아들 갈대숲도 짓고
지줄거리며 지줄거리며
도도하게 강줄기 흘러간다
순간을 머무르지 않는
저 강줄기를 보아라
이 아침, 물안개 피워올려
그대 안부를 전해주지 않느냐

편지

5월은 해마다
왜 짙푸른 녹음에다
흰 꽃을 매다는 것이냐
그림을 좋아하던 너는
말도 없이
두 눈을 깜작거려 보이지만
구름 너머 웃음을 웃고 있지만
너의 긴 편지가 아니더냐
몇 해를 두고
띄우는 글이 아니더냐

비 내리는 지금

낮은 자세로 엎드려 산봉우리
물을 켜고 있는 것이냐

백두산 천지처럼
언제 다시 나둥그러져
불기둥으로 솟아오를지 모를
앞산은 지금 숨죽이고
비를 맞고 있는 것이구나

날 세워 숫돌을 갈아먹고
칼끝으로 내리꽂힐
벼락 치는 순간을 기다리는
먼 데 하늘 북 천둥소리

마당가에 봉숭아가 붉다.

7월의 숲

7월의 숲은
출렁거리는 바다
푸른 비늘을 세우고
몸을 던지다.
흰 파도로 부서지는
한 음절의 소리
반
짝
이
며
영원을 건너는

그대여

비 갠 한낮
둥그런 연잎이
물방울 하나
궁굴리고 있다
빛을 모아 궁굴리고 있다
아! 하고 하늘이 내려
부딪혀 깨어지는
그대 무명지의
이름 없는 이름으로 가나니

소금밭에는 인광이

다독이고 다독여서
빛이 내리기를 기다린다
숨죽이고 기다리는 것이다
꽃 이파리 사운거리듯
파도 위에 몸 부리는 빛살
바다는 빛을 끌어안고
수수천 년을 그렇게
몸을 달구고 그러는 것이다
눈치나 채는지 어쩌는지
그저 노을만 사르고 떠나버리는 빛
이윽고 찬 별이 하늘에 비치면
노을이 떠나던 그 뒷모습으로
소금밭에는 인광이 번득이지
퍼렇게 빛을 내면서
사금파리 모양 가시가 돋는

4부

쓸쓸하지 않게 언덕에 올라

쓸쓸하지 않게 언덕에 올라

쓸쓸하지 않게
언덕에 올라
바람을 가르면서 걸어보라
노을밭을 쓸고 있는
외로운 그림자를 만날 것이다
어욱새 빗자루를 든 그림자
얼마나 먼 길을 돌아온 것이냐
바람 속으로 역력히 들려오는
가까이 더 가까이 다가서는 소리
지난여름 떠나간 행성이려니
언덕을 길게도 드러눕는구나
빗자루 같은 꼬리를 늘이며
유성우를 뿌리지 않았더냐
흩날리는 머리카락이
억새밭을 끌어안고 있다

황소

황소 한 마리
먼 수평선을 바라고 서 있다
몇 날을 울어도
시원치 않을 하늘
받아보아라 잘생긴 두 뿔
황토배기 언덕을
새기며 되새김하며
뭉개고 박차고 하지만
그래도 한 번은 울어야 할
짓무른 가슴
쟁기질로 밀려오는
파도야 하이얀 이빨
끝내 울음은 삼키고
외로운 섬으로 남으라 하느냐

그대 그림자를 짙게 그리고

무서리 친 뜨락은
바람의 갈기를 세워서
그대 그림자를 짙게 그리고
새들을 더 높이
날게 하지 않던가
너른 들 비워놓고 만경강은
비단폭 오선지를 펴고
편지를 띄우지 않던가
스스로 깊어지지 않던가
추임새로 다가서는
모악산을 보게나
하늘빛 시리게 푸르러가는

고사목

얼마나한 안타까움이면
푸른 잎을 다 떨구고
마른 나무로 서는 것이냐

얼마나 사무친 그리움이면
뿌리까지 다 드러내고
알몸으로 서는 것이냐

바람은 해마다
녹색의 기억을 출렁거리며
혼미하게 다가서지만
금세 가시가 되고 마는 것

흰 뼈마디로 박혀 서야 할
못다 한 무엇이 그렇게
마딘 세월을 끝내
그 자세로만 서게 하는 것이냐

잡초가 되리

들꽃은
잡초 속에서
아름다웁지

밤새워 별빛은
자수를 놓았으리

들꽃을 들꽃이게
청산을 청산이게

나 그대 앞에
수틀 속 잡초
잡초가 되리

연향은 어떻게 그윽해지는가

연향이 어떻게 그윽해지는지
둥그런 연 잎사귀 보아라
빛을 모아 궁굴리고 있구나
받들어 궁굴리고 궁굴리는 하늘
간밤 내내 부질없던 생각들
어쩌면 저리 맑게 씻어서
참따랗게 이고 있다는 말이냐
그게 그거라고 끔벅끔벅하면서
눈물보다 빛나는 음율로
고이 받쳐 이고 있구나
봉오리 속으로 속으로만 깊어가는
바닷속 진주앓이
우리 심청이가 타고 온 꽃가마
가마 문 여는 소리 들린다
그렇게 어둡고 긴 밤이 있었나니
향그러이 아침을 여는구나

선운사 꽃무릇

무서리 친 대지에 나서보면
한 생애가 얼마나 쓸쓸한 것인지
뒤돌아보던 그대
발자국마다 돋아나는 꽃무릇
한 대 뼈로 서는구나
아침햇살이 따갑다
꽃 붉은 넋으로 피어나는 꽃아

가을비

추석 지난 들판을
바람이 뉘어놓고 갔다
여물지 못한 씨앗 몇
드러내놓고 갔다

밤으로 별들이 거기
이슬 반짝이고 그랬던 것을
추석 지나고서야 바람은
알았던가보다, 그래
잘 익은 논바닥 뉘어놓고
뒤적거려놓고 그런 게다

상처 깊은 들판이
뒤집힌 씨앗 몇 모아
찬 비에 젖고 있다

그대에 가 닿기까지

교향악을 준비하는
7월의 하늘
불기둥을 세우고
먹구름 속을 굴러오는
천둥소리는
얼마나 장엄한가
굽이쳐 흐르는
짙푸른 녹음
바닷속보다 깊은
은하를 흔들어 깨워
비로소 완성짓는
대지의 교향곡
그대에게 가 닿기까지
우르르르 쿠르르르
벼락 치듯 번개 치듯

스스로 외로워지는 섬

목욕탕 안에 들어가면
버릇처럼 눈을 감는다
눈을 감고 물 속에 잠겨
더운 숨을 불어낸다
물 쏟아지는 소리뿐이다
하늘과 땅 사이에서
오로지 빗속에 젖고 싶었던
첫사랑의
몸살 나던 기억에 젖어보지만
얼마나 부질없는 일인가
하루의 무게로 눈을 감고
물줄기를 쏟아보지만
바다 한가운데 나는
스스로 외로워지는 섬일 뿐

아무렇지도 않게

그런 말이 싫다
하긴 싫은 것이
그뿐이겠는가마는
다정했던 얼굴들이
하나둘씩 싫어지는 일
수수깡 씹던 맛 떠나듯이
싫어지고 멀어지는 일
아침에 한 저녁 약속
까마득 잊고 술을 마시듯이
다음날에는 술 마신 친구조차
또 잊어먹듯이
아무렇지도 않게
그러는 내가 밉고 싫다
그렇게 내가 아무렇지도 않게

반짝이는 미루나무로 서서

손수건을 접어드리네
흰 구름을 피워올리는 푸른 숲속
깊은 밤에도 잠들지 못하는
물소리를 접어드리네
발걸음을 멈추게 하는
그윽하고 빛나는 눈빛
밤하늘이 아름다운 별은
사랑과 이별을
말하지 않을 것이네
바람 부는 언덕을 그대여
반짝이는 미루나무로 서서

5부

스톡홀름의 소녀에게

우리들의 이야기는
―스피네토의 소녀에게

그대와 나 올려다보는
너비 없는 하늘가
마삭줄 흰 꽃이
옛 사원의 허름한 담벽을 탄다
파란 눈 더 크게 뜨고
말도 없이 푸른 하늘에
눈길을 보내는 그대
눈썹 끝을 스치며
흰 구름 흘러간다.
우리 함께 띄워보낸
흰 꽃, 흰 구름 그림으로 흐르다가
한 몇 년 그림으로 흐르다가
고향집 박우물에 어리는 날
우리들의 이야기는 하늘하늘
천 년을 저렇게 피는 것이리니

콜로세움 광장의 일기

시저는 팔라티노 언덕에 올라
포플러나무에 기대어 있네

깊은 잠을 이루지 못하는 것은
버릇이라 하지만

브루투스 장군은
무너진 성터에서
가죽구두를 팔고 있네

네로는 밤무대에 나가
눈물의 포도주로
그대의 잔을 채울 것이네

콜로세움 원로원은 비어 있네

구름의 입맞춤을 다 새기지 못하였네

미켈란젤로 광장 위로
피어오르는 뭉게구름

피렌체의 거리 거리
산골짜기와 언덕을
흰 구름 흘러 흘러가네

입맞춤으로 입맞춤으로 가는
운영을 보았네
운영의 속삭임을 들었네

몇 세월이었던가
구름을 밀고 가는 바람은
말하네, 미켈란젤로도, 다 빈치도
아직 다 새기지 못하였다고
그 달콤한 구름의 입맞춤을

피렌체의 밤

쏟아져내리는 별빛
차라리 바다라고 하자
루비 바다의 파도 위로
나뭇잎 하나 띄우는 그대여
지금 피렌체는
숨을 죽이고 있네
바람은 내게 노 저어라 하네
우리들의 밀어로 만든
작은 섬을 찾아서
피렌체여 피렌체여

시간을 그리는 여자
—Alison Leggat에게

잔디밭에 시간을 그리는 여자
젊은 날에는 바이킹을 꿈꾸더니
옛 사원의 지붕이 늘이는
그림자를 따라
지워지지 않을 선 하나 새기네
그것은 삼각형도 사각형도 아니네
다만 기다리던 정오의 흔적으로
종이죽을 흘려 시간을 그렸을 뿐
두 시간 후에 온다던 그녀는
보이지 않네, 오지 않네
오지 않을지도 모르네
사원의 그림자도 자리를 옮겨갔네
정오도, 그녀도, 내 기다림도
다시는 오지 않을 것을 알면서도
나는 자리를 옮길 수가 없었네

베네치아의 곤돌라를 타고

나 그대에 할 수 있는
무엇이 있으리오
베네치아 그대에 할 수 있는
무엇이 있으리오
한숨이 아름다운
한숨의 다리
나는 곤돌라를 저어가네
출렁거리는 물결
샤일록의 다리 아래
갈매기 몇 마리, 나는
무심하게 빵조각을 던지지만
더는 무엇을 할 수 있으리오
베네치아 나 그대에
할 수 있는 무엇이 있으리오

드즈니키 즈로이의 쇼팽

밤새 비가 내렸네
창문을 굽어보고 있는 키 큰 나무
귀엣말 응얼거리며 아침햇살을 나누네
잎사귀마다 흰 건반을 두드리네
쇼팽이 이 창가에 앉았을 때
저 나무는 이층 높이쯤 자라 있었을까?
오! 기침 때문에 창문을 닫는다고
미안하다고 미안하다고
어젯밤 내게 볼을 비비던 쇼팽
그윽한 눈빛으로 담아내던 안타까움
사랑과 이별을 함부로 말하지 말라
사는 일 되어가는 일 함부로 말하지 말라
골짜기 가득한 물소리가 읊조리고 가네
발아래 흐르는 냇물이 많이 불어 있었네

스톡홀름의 소녀에게

자작나무 흰 등걸과 나누던 눈빛
그렇다! 지리산에 오르면서 만났던
그 자작나무 아련한 눈빛이다
그래 너는 이 땅의 자작나무구나
맨 먼저 겨울옷을 입고
맨 나중에 겨울옷을 벗는
자작나무야 이 땅에 눈 내리면
온몸이 얼음으로 반짝이지
가시로 박혀오는 햇살
온몸으로 부둥켜안으며
가시나무숲이 되는 것이구나
마술에 걸린 개구리 왕자가 되고
개구리를 사랑하는 공주가 되어서 우리
겨울숲의 자작나무가 되는구나

스톡홀름의 인상

은발의 노부부가 사는 집
이층 구석방 하나 얻어 들었네
올 겨울 크리스마스 축제를 기다린다며
축제에 내놓을 물건을 만들고 있었네
1920년부터 밤낮없이 삐걱이는 목조 건물
한방에서 뒹굴고 잠드는 강아지
눈먼 강아지 컹컹 짖는 소리도 새기고
이층 계단의 삐걱거림도 만들고 있었네
세 살 지나던 딸, 미운 일곱 되던 아들
그 코리안 입양아 둘을 길러내었다네
크리스마스에 내놓을 것이라네
지금은 장성하여 떠나간 아이들
그 아이들 즐거워하던 장난감
그 아이들에게 들려주던 자장가
일 년 내내 흥얼거리며 만들고 있었네

6부

금강 상팔담 하팔담

삼선암
—만물상 1

떠나버린 님을 그리며
돌이 되어버린
금강산 삼선암
그대 떠나버린 자리
작은 심지에 불을 붙이나니
그리움이여 타거라
돌이 된 그대 가슴에
가 닿을 수만 있다면
영혼의 별빛까지 살라
나 또한 돌이 되리니

장수바위
—만물상 2

메뚜기바위 두더지가 되네
두더지 노리는 독수리
독수리만 보면 꼬리 힘이 들어가는
사자바위, 사자 앞에
놀란 강아지가 뛰지
바위산 벼랑 끝에
만물상 차려놓고
하늘 문에 기대선 금강 주인
엄지손가락을 또 세우네
내 여인과 나, 뚜껑바위, 꼭지바위
마주 서라 하네
여기 지켜서서
장수나 하라 하네

망양대
―만물상 3

운무로 가려두고
가리는 만큼만 보라 하느냐
는개 한 자락 치마폭으로 가려두고
멀리 멀리까지 보라 하느냐
더 깊은 데까지 보라 하느냐
눈 감으면 더 잘 보이는
검은 머리 가시내야 검은 머리
금강산 가시내야

절부암
─만물상 4

도끼 자국 있었네
깊게 깊게 팬 도끼 자국 하나
벼랑 끝에 가파르게 있었네
구름 비켜 노니는 것이 정녕
상제님 셋째따님일레라
도끼자루 집어던졌다네
땅속 두더지까지 튀어나오고
멧갓의 멧짐승들 다 모여드는
잔치를 벌였네
나는야 금강산 나무꾼이 되리
도끼자루 내던지고

금강 옥류동
—만물상 5

금강산 길 나선 지 몇 날
금강산 금강문 안에 들면
하늘의 별들이 몇 날 밤
어떻게 쏟아졌던가를
아네, 오롯이 구슬져 흐르는 옥류
꼬리를 늘이며 하늘에 오르던 봉황
어느 별의 은하가 되었다가
골짝 골짝 그대로 내려앉는다는 말인가
옥류에 발쉬임하는 그대
날개가 돋아나고 있네
겨드랑이에 은빛 날개
돋아나고 있네

금강 상팔담 하팔담
―만물상 6

일만 이천 봉 금강산
개중 난다 긴다 하는 봉우리만
금강문 안에 모였다네
구슬 하나씩을 만들기로
재주 자랑을 벌였다네
하나씩 여의주를 지어서
하늘의 용으로 오르는
그런 구슬 하나씩을 지었다네
용이 되어 올랐던 용담
구름 밖의 용이 다시 내려와
희롱하며 운무를 부린대나
옥빛 그대로, 구슬 모양 그대로
바위를 구르는 소리 그대로
용담에 들어 선녀가 되는
그대를 보네. 선녀가 되는

고성항 일출
—만물상 7

일출도 제대로 보여주지 않는
먹물 같은 동해바다에
배를 밀고 끌고
금강산 길에 나섰더니라
우리가 타고 가는 배는
어느 화공이 쓰다 버린 붓
몽당빗자루 같은 붓
눈먼 획 하나 지금
어디로 긋고 있는 것이냐
세월이 얼마큼 흘러야
이 먹물바다에 그어놓은
그림문자는 풀어지는 것이냐
정녕 풀어지기는 하는 것이냐

지리산 고추잠자리

해맑은 날개를 보아라
골짜기를 가득 채우는
빨간 고추잠자리의 나래
골 깊은 서느러움보다 투명한
저 무위의 날갯짓을 얻었구나
이 골짜기에 숨어든 목숨들은
어떻게 짙푸른 숲으로 되더냐
새들의 온갖 지저귐에서
계곡을 쓸고 가는 물보라에서
바위보다 깊은 침묵을 걸러낸
무섭도록 푸른 숲이 되어
하이얀 꽃을 피워내더냐
이윽하게 나래를 접는
고추잠자리 저 투명한
투명한 날갯짓을 보아라
그대 풀잎 모자 위에 내려앉는
빨간 고추잠자리의

선유도에서

그대 내게
섬이 돼라 하는가
귀 닫고 눈 막고
그리움으로만 넘실거리는
무인도가 돼라 하는가
깊은 밤 별빛으로 쏟아지는
우리들의 이야기는
수평선 너머 밀려가고
정녕 떠나버리고 나면
정녕 우리는 끝내 만나지 못하는
섬이 되는 것이냐
그리움만 넘실거리는

무창포에서

파도가 실어다준
조개껍질을 밟으며
바닷속을 걷는다

앞섬까지 길을 내어주고는
저만큼 물러서는 파도
저 아쉬운 몸짓을 보아라

숨가쁘게 달려와서는
흰 물거품으로 부서지는
소리조차 멎어버리는
저 빈자리를 그대여
정녕 채울 수는 없는 것이냐

안타까운 안타까운 순간들
겨울바다에
물감을 풀자

오동도

바다가 흰 이빨을 드러내
푸른 동백숲을 물어뜯는다
뚝뚝 듣는 바알간 동백

내 피리 소리를 거두어가는
수평선 너머의 쪽빛

산부추꽃
—고창 고인돌

사천 오천 년쯤 전에는
야산에 널려 있는
고창의 돌무더기 모양으로
유성우 내렸을 것인가
그때 비 오듯 쏟아지던
그 돌 떨어지던 자리마다
돌지붕을 얹고
돌칼도 만들어 쓰고
그 돌들 사이사이로
산부추도 심어 먹고
그랬을 것인가
별똥별 꼬리를 끄는 아련함으로
산부추꽃 사운거린다
돌을 갈아서 쓰던
하늘에다 돌을 갈아서 쓰던
우리 할아버지의 할아버지
즈믄 날의 꿈속을
바람이 이는가보다
산부추꽃 꺾는
그대 등 너머로

마른기침 소리 하나
건너오고 있다.

모양부리*성에 올라

모양부리성 돌을 밟아보아라
하루해 긴긴 햇발로
보리누름을 지켜보던
지어미들의 〈선운산가〉 〈방장산가〉
성 하나를 짓지 않았더냐
돌아오지 않는 지아비
지아비를 부르다가 끝내
돌이 되어버리지 않았더냐
꽃 붉은 애절함이
해 지는 바다를
저리도 곱게 물들이는구나

* 고창의 백제 지명. 보리 모(牟), 볕 양(陽)자를 써 보리누름을 뜻한다.

비자나무숲에는

비자나무숲에는
산갈치 한 마리 살지
은빛 지느러미 반짝이며
원시림을 지켜온 산갈치
안개 자욱한 새벽이면
백록담 오르는 고사목
손잡아 끌어주고
동네 고샅까지 둘러보고 오는
산갈치, 비자나무숲에 살지
비자숲에 돋은 난잎은 비자란으로
감아오르는 마삭줄은 마삭줄로
잎사귀를 반짝이게 하지
산호숲에 고기떼들 모으던
산갈치, 비자나무숲에 살지
탐라섬에 은빛 서느러운

바닷가 아왜나무

맨 처음 수평선이 생기고
바닷가 언덕 위에
아왜나무 서 있었네
부서지고 부서지는 파도를 맞으면서
노을을 물들이고 있었네
파도를 만들어보내면서 수평선은
나무토막을 실어나르고
나무열매를 실어나르고
오막살이 집 한 채 부려놓았네
휘파람으로 서 있는 아왜나무
수평선은 그렇게 달려왔노라고
아왜나무 그 자리에 서 있네
청년의 뒷모습을 하고 서 있네
뒷모습만 남기고 오름으로 간 청년
그 모양 그대로 아왜나무 서 있네
파도 소리 함께 서 있네

시를 통한 그림 그리기

김주연(문학평론가, 숙명여대 교수)

진동규는 반짝이는 것들을 좋아하는 것 같다. 별, 눈, 인광 등등. 그러나 이상하게도 그것들은 그의 시 속에서 반짝이지 않는다. 그렇기는커녕 하나의 정물처럼 편안한 모습들로 그대로 앉아 있을 따름이다. 이 시인의 세계를 압축해주는 이같은 기묘한 특징은, 시인이 즐겨 사용하는 표현, 즉 '무채'색의 시들을 그야말로 무채의 빛으로 만들어버린다. 빛나는 사물들—별, 눈, 인광 등—이 무채의 풍경 속에 함몰되어버렸기 때문이다. 그런 의미에서 별, 눈, 인광 등은 참다운 시적 사물들이 아니다. 풍경을 구성하는 요소로서의 자리에 머물고 있을 뿐이다. 『구시포 노랑 모시조개』는 따라서 풍경화·전람회장과도 같은 시집으로 이해되는 편이 좋을 것이다.

1) 눈송이 설레는 사이사이
   느티나무 비인 가지가
   조금씩 조금씩 자리를 옮긴다
   (……)
   눈 쌓인 가지들이 가만가만
   팔을 뻗어
   오선지로 비켜앉는다

   ──「눈 내리는 운동장」·중에서

2) 밤하늘에
   별들이 돋아난다
   새벽이면 별들은
   우리가 나누는
   세상 그 모양으로
   대지 위에
   새잎을 피운다
   아득한 그리움으로
   눈물의 입맞춤으로
   대지 위에
   이슬방울들을
   반짝인다.

   ──「별」 전문

3) 이윽고 찬 별이 하늘에 비치면
   노을이 떠나던 그 뒷모습으로
   소금밭에는 인광이 번득이지
   퍼렇게 빛을 내면서
   사금파리 모양 가시가 돋는

                    —「소금밭에는 인광이」중에서

　위 인용시들이 보여주듯, 눈은 특별한 상징 조작이나 새로운 이미지의 형성 대신, 글자 그대로 눈 내리는 운동장의 풍경을 아름답게 꾸며주는 일에 기여하고 있을 뿐이다. 이러한 시들에 대해서는 사실 특별한 해석이나 해설이 필요하지 않다. 낭만주의 이후 시에는 크게 두 가지의 흐름이 이어져오고 있는데, 그 하나는 특별한 해석이 요구되지 않는, 누구나 읽어도 쉽게 알 수 있는 서정시이며, 다른 하나는 이런저런 해석을 가해보아야 그 의미가 이해되는 이른바 비의시(das hermetische Gedicht, 秘義詩)이다. 낭만주의 상징주의 표현주의를 거치면서 후자는 현대시의 본령으로 자리해왔으며, 따라서 시는 으레 어려운 것, 난해한 것으로 치부되는 경향이 일반화되어왔다. 우리 시에서도 사정은 비슷하다. 그러나 좋은 현대시가 반드시 비의시인 것만은 아니다. 진동규의 시도 비의시의 자리와는 아예 먼 거리에 앉아 있는, 어떻게 보면 전통적인 한국인의 정서에서 한 발짝도 앞으로 나가지 않는, 흡사 시조의 가락을 연상시키는 음조에 머물러 있다. 그러나 그 음조가 현대인에게 마냥 낯선 것만은 아니다. 진 시인의 경우, 크게 보아 '풍경시'로 이름 불릴 수 있는 작품들이 세심한 묘사에 의해 뒷받침되고 있다는 사실은, 무엇보다 그의 현대적 감각을 보여주고 있는 가장 좋은 표징으로서, 전통과 현대를 아우르는 조화의 미덕이 돋보인다.

인용 1)의 첫 부분은 느티나무 위에 내린 눈의 모습이 아름답게 그려진 장면이다. 눈이 내린 나무를 시인은 바라보고 있다. 그러나 멋지다든지 예쁘다든지 하는 감정 개입을 절제하고, 시인은 그 모습을 그대로 묘사한다. 그러나 카메라 촬영 기법과 달리 그는 느티나무의 가지가 "조금씩 조금씩 자리를 옮기"는 것을 발견하고 그것을 적어놓는다. 바로 이 부분이 시인으로서의 탁월한 잠재력을 드러내주는 대목이다. 그것은 단순감정도 아니고, 단순묘사도 아니다. 거기에는 대상을 사랑으로 바라보는 끈질기면서도 섬세한 관찰력이 숨어 있다. 눈송이는 시간과 함께 조금씩 움직이게 마련인데, 그렇게 되면 마치 나뭇가지도 더불어 움직이는 것처럼 보이게 된다. 사실이면서도 사실이 아닌 이 착시현상을 시인은 아름답게 그려낸다. 시란 어떤 의미에서 이같은 의도적 착시현상의 포착이며, 흔히 이야기되는 이른바 시적 애매모호성 또한 여기서부터 그 정당성을 얻어가는 매력이 아닐까.「눈 내리는 운동장」은 시의 중간부에 노루떼의 뛰노는 모습을 전개시키다가 끝부분에 이르러 다시 눈 쌓인 가지들이 팔을 뻗어 "오선지로 비켜앉는다"는, 다소 알쏭달쏭한 표현을 행한다. 이 표현은 오선지 위로 비켜앉는다는 것인지, 마치 오선지처럼 비켜앉는다는 것인지 불분명할 뿐 아니라, 그중 어느 쪽이라 하더라도 뜻은 여전히 석연치 않다. 그러나 '오선지로'를 '오선지 쪽으로' 로 받아들이고, 오선지를 다시 악보 리듬, 혹은 멜로디로 본다면, 그 뜻이 어려울 것 없어 보인다. 눈 쌓인 가지들이 끊임없이 리드미컬하게 움직인다는 것 아니겠는가. 그런 의미에서 이 시는 동시 같기도 하다. 눈은 눈 자체로 빛나지 않고 풍경을 형성한다.

인용 2)는 동시의 분위기에 한 발짝 더 접근해 있다. 이 시에서 별들은 이슬방울들을 통해 대지 위에서 빛나는 것으로 그려지고 있지만, 그것은 사실도 상징도 아니다. 별은 하늘에서 반짝일 때 사실의 세계 속에 있으며, 무엇인가를 비유적으로 말하거나 전혀 엉뚱한 다른 대상을 별의 속성을 통해 전달하고자 할 때, 상징의 세계 안에서 빛을 발한다. 그러나 이슬방울들 속에서 반짝이는 별들은 마치 아기별, 엄마별이 구분되어 표현되듯, 관찰자의 따뜻한 임의(任意)일 따름이다. 하기야 그렇게 볼 때 별들이 반짝이는 곳이 어디 이슬방울 속뿐이겠는가.

인용 3)으로 가보자. 이 시의 풍경은 다소 느닷없다는 느낌을 준다. 왜냐하면 그 전경이 소금밭이 아니기 때문이다. 이 시의 전개는 이렇다; 시인은 빛이 내리기를 기다린다. 물론 하늘로부터일 것이다. 그러다가 마침내 파도 위에 내리는 빛을 본다. 이윽고 노을이 지고 빛은 사라진다. 이때 소금밭에 지는 빛이 부딪혀 인광이 번득이는 모습이 드러난다. 그러므로 이 시의 풍경은 빛, 혹은 빛의 이동 자체라고 할 수 있는데, 그 빛이 무한공간을 부유하는 모습은 물론 아니다. 바다, 그리고 그 옆의 염전이 무대인 것이다. 그렇다면 소금밭에 번득인 인광은 무슨 뜻을 지니는가? 별 의미는 없어 보인다. 그 대신 이 시는 시인의 다른 어떤 시보다 아름다운 이미지를 조성하고 있다는 점에서 오히려 주목된다.

철저하게 묘사에만 의지하고 있는 이 시는 바다와 소금밭에 뿌려지는 빛을 통해 시적 공간을 단정하게 만들어가고 있는데, 그 공간이 특정한 지향점을 보여주지 않고 있다는 점에서 절대시를 연상시킨다. 그 느낌은 다르지만, 고트프리트 벤의 「밤의 파도」의 맞은편에 있는 '낮의 빛'이 충일하다고 할까. 아무것도 향하지 않는 순수와 절대의 이미지는 현대시가 이룩한 또하나의 무욕의 공간 아닐까. 진동규 시의 절반쯤은 이 공간 속에 깊이 잠겨 있는데, 그것이 때로는 절대시의 분위기로 때로는 동시의 인상으로 다가온다. 그러나 '소금밭의 인광'이라는 관점에서 보면, 그 번득이는 인광이 "퍼렇게 빛"을 내고 있다는 묘사에도 불구하고, 독자적인 어떤 빛을 내고 있지 않다. 빛의 이동에 의해 그려진 바다, 파도, 소금밭의 풍경 속에 모두 조용히 포섭되어 있기 때문이다. 움직임마저 "숨죽이게" 하는 정밀(靜謐)의 상황은 독자성과 개별성을 하나의 이미지로 통합하고 있다고 할 수 있다.

앞서 나는 이 시인의 시적 이미지가 절대시를 연상시키는 측면이 있다고 했는데, 이 시인의 모든 시들을 자세히 읽어본 독자라면 그같은 지적이 꼭 온당치만은 않은 것임을 알 수 있을 것이다. 무엇보다 그의 시적 모티프는 여전히 농촌사회, 전통사회에 기반을 두고 있으며, 그의 시심은 전원적 목가적이다. 시골 시인답다고 할 수 있다. 문제는, 이같은 시골시가 촌스러운 퇴영성에 머무르지 않고 깔끔한 현대적 이미지의 조성과 연결되고 있다는 사실이다. 절대시적 묘사 기법의 수월성은 이 점을 큰 힘으로 뒷받침하고 있다. 이 두 측면은 진 시인이 유의하며 갈고 닦아나가야 할 요소이다.

1) 창호지에 번지는 푸른 이내
   〈세한도〉의 붓자국으로 풀어지고 있다
   창 밖에 누가 와 먹물을 푸는 게다
   (……)
   이 아침 내 찻잔가에 물어온 글자
   햇살에 널어 말리고 있구나
   묵향 풀풀 날리는 여린 부리
   정갈한 안부를 챙기고 있구나
   ──「작설차를 우리며」 중에서

2) 춘설이 분분한 날
   오목눈이 하얀 눈이 까만 눈
   그 작은 부리로
   바위 속보다 깊은
   어둠을 쪼아대고서
   새 아침을 연다
   매화 가지 창을 열고
   꽃봉오리 흔들어서

큰북 작은북 가려넣는다

                              —「우수 지난 날」 중에서

3) 농부가 씨를 뿌린다
   아들과 함께 씨를 뿌린다
   저 손놀림을 보아라
   (……)
   농부는 밤하늘이
   스스로 아름다워지는 것을
   아들에게는
   알려주고 싶은가보다

                                  —「농부」 중에서

　전통사회 농촌사회에 바탕을 둔 모티프들을 중심으로 한 전형적인 작품들이다. 1)에 나오는 창호지, 2)의 매화, 3)의 씨 등 이즈음의 시에서는 좀처럼 찾기 힘든 어휘들이 등장하는데, 그 모두 우리 전통사회의 풍습과 정서를 그대로 반영한다. 붓글씨와 그림을 그리는 선비의 서재를 보여주고 있는 1)에서는 오직 묵향이 풍겨나올 뿐, 다른 것은 기대할 것도 없고, 또 기대해서도 안 된다. 그 밖으로의 외연(外延)을 시는 스스로 차단하고 있다. 마찬가지로 2)에서도 창 밖의 매화 가지는 봄이 오는 것을 말해주는 자연의 전령사로서 제 소임을 다할 뿐, 그 밖의 것을 시는 말해주지 않는다. 3)에서의 농부와 씨는 싱거울 정도로 농촌 행사의 일기장 소재와도 같다. 사실 이러한 작품들로 현대인의 감동을 자아내는 일은 무리에 가까울 뿐 아니라, 자칫 시인에게도 일종의 허위의식으로 작용하기 쉽다. 이런 모티프와 시의 대상들에도 불구하고, 진 시인의 시가 이만큼의 수준을 확보하고 있다는 사실은 놀라운 일인데, 그 가장 큰 배경은 앞서 언급된 묘사 기법과 순수한 시적 공간으로 설명된 바 있다.

이와 관련하여 진동규의 시가 그 나름의 성과를 거둘 수 있는 매력으로 나는 회화성(繪畫性)을 들고 싶다. 그의 시들이 지닌 회화적 성격은, 당연히 시인 특유의 묘사 기법과 그 결과로 나타나는 시적 공간의 순수성에서 비롯된다. 이러한 의미에서 탁월한 그만의 고유세계를 구축한 선배 시인으로 우리는 김춘수를 만날 수 있는데, 진 시인의 성취는 그에 비견할 만한 것은 아직 못 된다. 그러나 그와의 가장 큰 변별성은 김춘수가 순수시를 통해 의도적으로 이른바 '무의미의 시'를 추구함에 비해서, 이 후배 시인은 아예 그와는 무관한 자리에서 편안하게 시를 통한 그림 그리기를 무심하게 반복하고 있다는 점이다. 그림은 표현주의자들이 그렇듯이, 강렬한 메시지를 화폭에 쏟아붓지 않는 한, 대체로 무심해 보이게 마련이다. 따라서 적어도 동시대에서는 일단 가치중립적으로 읽히기 쉽다. 진동규의 시가 표면상 낡은 세계의 현실을 그리고 있음에도 복고적이거나 고리타분한 느낌을 주지 않는다면, 이러한 회화적 성격 때문일 것이다. 가령 다음 작품은 그야말로 언어로 된 한 폭의 수채화에 다름아니다.

송림산 중턱쯤
만나는

옹달샘 하나
연적보다 깊다

청솔바람
휘감아오는
는개 한 무리

기척도 없이
다가서는 안부

─「먹을 갈다가」 전문

   옹달샘을 끼고 있는 산의 모습, 거기에 불어오는 바람과 는개의 모습이 그대로 그림이 아닌가. "기척도 없이 / 다가서는 안부"라는 끝부분이 이 그림을 살짝 흔들고 있는데, 이것은 마치 동양화 끝자락의 낙관처럼 따듯한 인간성의 개입을 느끼게 한다. 어차피 이 시인의 시는 순수절대시가 아닌 것. 그 개입은 오히려 따사롭다. 이와 비슷한 또 한 편의 아름다움을 감상해보자.

비 갠 한낮
둥그런 연잎이

물방울 하나
궁굴리고 있다
빛을 모아 궁굴리고 있다
아! 하고 하늘이 내려
부딪혀 깨어지는
그대 무명지의
이름 없는 이름으로 가나니

—「그대여」 전문

이 시는, 차라리 한 장의 예술사진을 떠올리게 한다. 실제로 나는 이와 아주 유사한 풍경의 사진을 본 일이 있는데(저명한 사진작가 황규태의 작품) 그 사진보다 더 사진 같다. (하기야 이즈음은 디지털 카메라의 순간포착이 얼마나 리얼한지!) 그러나 이 작품에서도 역시 "그대 무명지의 / 이름 없는 이름으로 가나니"라는 대목이 그림을 일순 동요시키는데, 여기서도 그 동요는 아주 인간적이다. 이렇듯 개입과 동요가 인간적인 따사로움으로 아름답게 느껴지는 것은, 시인이 그린 그림이 무덤덤한 풍경화를 통한 자연예찬이 아니라, 그 속에 깊은 중심, 혹은 비밀을 숨기고 있기 때문이다. 「먹을 갈다가」에서 그것은 "안부"로 나타나고 「그대여」에서는 "이름 없는 이름"으로 다가온다. 말하자면 자연이 사람의 모습으로 시인의 눈과 의식 앞에 떠오르는 것이다. 이것은 전략적으로 자연을 의인화하는 일과는 사뭇 다르다. 시인은 이 작품들 외의 다른 작품들에서도 "안부"라는 말을 여러 번 쓰고 있는데(예컨대 「작설차를 우리며」에서 "정갈한 안부를 챙기고 있구나", 「강줄기 흘러간다」에서 "이 아침 물안개 피워올려 / 그대 안부를 전해주지 않느냐" 따위) 그 대부분 자연에 의탁된 안부가 가장 믿을 만하다는 자연 신뢰, 그리고 인간적 그리움과 고통에 대한 은밀한 기대가 담겨 있는 것이다.

이렇게 볼 때, 그의 그림시 혹은 시그림이 중립적인 자리에서 무심한 풍경 제시에만 만족하고 있는 것 같지도 않다. 가장 완성도가 높은 작품들의 경우이기는 하지만, 앞의 예에서 보았듯이 그 자연은 사람들에게 무엇인가를 전해주는, 나아가 감동을 실어다주는 메신저이다. 이때 특히 주목되는 것은, 그 감동이 열리는 순간의 시적 사물로서 많은 경우 '빛'이 나온다는 점이다. 시 「그대여」에서도 물방울 하나가 "빛을 모아 궁굴리고 있다"고 한 다음 바로 "아! 하고 하늘이 내려"라고 적는다. 시인에게는 아마도 모든 자연이 결국 빛으로 떠오르는 순간이 있고, 그때 그 자연과 인간 사이에 교감이 이루어지는 모양이다. 그 상태에 대한 궁금증이 '안부'이고 그 기능이 '편지'이다("두 눈을 깜짝거려 보이지만 / 구름 너머 웃음을 웃고 있지만 / 너의 긴 편지가 아니더냐"—「편지」 중에서).

시인은, 그 탓인지 유독 별에 관심이 많다. 별이야말로 특별한 시적 조작이 가해지지 않아도 이미 빛을 발하고 있기에 그만큼 손쉽기 때문인가. 아마도 그럴 수 있다. 실제로 이 시집에 나오는 많은 작품들 속의 별들은 이상하게도 빛으로 반짝이는 일이 드물다. 아무리 별들이라고 하더라도 그것들이 하늘 아닌 시작품 속에서 빛나려면, 시인의 손과 입김이 가야 한다. 쉽게 따온 별은 결코 반짝이지 않는다. 이 시인의 시에서 별과 눈이 다만 풍경의 배후에 머물러 있고 빛나지 않는다면, 시인은 이 점에 각별한 주목을 해야 할 것이다. 그 바람직한 대답은 앞의 두 작품 「그대여」 「먹을 갈다가」에 숨어 있다. 시인이 찬찬히 관찰하고, 마침내 마음속에서 새롭게 빚어낸 자연만이 살아 있는 빛을 발할 수 있을 것이다.

문학동네 시집 66
구시포 노랑 모시조개
ⓒ 진동규 2003

| 1판 1쇄 | 2003년 4월 4일 |
| 1판 2쇄 | 2004년 9월 22일 |

지 은 이	진동규
펴 낸 이	강병선
책임편집	김현정 장한맘 손미선
펴 낸 곳	(주)문학동네
출판등록	1993년 10월 22일 제406-2003-045호

주 소	413-756 경기도 파주시 교하읍 문발리 파주출판도시 513-8
전자우편	editor@munhak.com
전화번호	031) 955-8888
팩 스	031) 955-8855

ISBN 89-8281-647-X 02810
www.munhak.com